AF335762

Vente du Samedi 25 Janvier 1908

HOTEL DROUOT, SALLE N° 7

ESTAMPES

Anciennes et Modernes

DES ÉCOLES FRANÇAISE ET ANGLAISE
du XVIIIᵉ Siècle

LITHOGRAPHIES, EAUX-FORTES MODERNES

ORNEMENTS

Costumes, Modes, Caricatures

Portraits, Vues, Vignettes

DESSINS

JANVIER 1908

Commissaire-Priseur :

Mᵉ André DESVOUGES
Succ. de Mᵉ M. Delestre

26, Rue de la Grange-Batelière, 26

Expert :

M. Paul ROBLIN
Marchand d'Estampes

65, Rue Saint-Lazare, 65

CATALOGUE

D'ESTAMPES

ANCIENNES ET MODERNES

des Écoles Française et Anglaise
du XVIIIᵉ Siècle

LITHOGRAPHIES, EAUX-FORTES MODERNES

ORNEMENTS

Costumes, Modes, Caricatures

PORTRAITS, VUES, VIGNETTES

DESSINS

Dont la vente aux enchères aura lieu

HOTEL DES COMMISSAIRES-PRISEURS, Rue Drouot, Nᵒ 9

Salle Nᵒ 7.

Le Samedi 25 Janvier 1908

à deux heures.

Commissaire-Priseur	*Expert*
Mᵉ André **DESVOUGES**	M. Paul **ROBLIN**
Succ. de Mᵉ M. Delestre	Marchand d'Estampes
26, Rue de la Grange-Batelière, 26	65, Rue Saint-Lazare, 65

PARIS 1908

CONDITIONS DE LA VENTE

Elle sera faite au comptant.

Les Acquéreurs paieront *dix pour cent* en sus des enchères.

L'Expert se réserve la faculté de rassembler ou de diviser les lots, et remplira, aux conditions d'usage, les commissions que voudront bien lui confier MM. les Amateurs.

ESTAMPES

ADRESSES

1. *Sergent*, Me Imprimeur en taille-douce, du bureau de la guerre et des fortifications de Sa Majesté. *Baisier*, scrip. d'après Cochin. On y a joint une gravure d'après Cochin. Deux pièces.

ALLEGRANTI (d'après)

2. *Endimione*, par F. Bérardi. Belle épreuve imprimée en couleurs, petites marges.

ALLEN (d'après J.)

3. *Lupton* (The Rev^d. Thomas), gravé à la manière noire par S. W. Reynolds et S. Cousins, 1823. Très belle épreuve avec la lettre blanche et le mot Proof., à toutes marges.

ANONYME

4. *Anna* D. G. Rom. Imp. Semper Augusta, Germaniæ, Hunganiæ, Bohemia, etc., pet. in-fol.

AUBRY ET BOREL (d'après).

5. Le Mariage conclu. — Le Mariage rompu. Deux pièces faisant pendants, gravées par R. de Launay. Très belles épreuves avant la lettre, petites marges.

BALLONS (Pièces sur les)

6. Montgolfière, dont la nacelle est occupée par deux généraux
   de la République ; au bas, paysage à l'aquarelle.

7. Scène de Magnétisme, in-8 à la manière de lavis. Epreuve
   avant toutes lettres.

BARTOLOZZI (Fr.)

8. *Thurlow* (Edward Lord), d'après sir Joshua Reynolds, in-fol.
   Très belle épreuve, marges.

9. L'Automne, d'après B. West, ovale in-fol. en larg. Très
   belle épreuve avant la lettre, marges.

10. Jeune femme en buste. Epreuve à la sanguine, rognée à
    l'ovale.

BAUDOUIN (d'après P. A.)

11. Le Catéchisme, par Moitte (E. B. 12.). Belle épreuve, grandes
    marges.

BEAUVARLET (J.)

12. La Confidence. *" Portrait de Mme la marquise de Pompadour "*
    d'après Carle Van Loo. Très belle épreuve, marges. (Pi-
    qûres d'humidité).

13. L'Enlèvement des Sabines. — Jugement de Pàris. Deux piè-
    ces in-fol. faisant pendants d'après Lucas Giordano.
    Belles épreuves, marges. (Mouillures).

14. Retour du Bal, d'après de Troy, in-fol. Belle épreuve, grandes
    marges.

BELLANGÉ

15. Croquis lithographiques, 1824. Quatorze lithographies in-4
    dans la couverture de publication.

BELLANGÉ, RAFFET ET AUTRES

16. Sujets d'Albums. Trente-huit lithographies in-4. Belles
épreuves coloriées, la plupart à grandes marges.

BERTAUX (d'après)

17. Le Charlatan Allemand. — Le Charlatan Français. Deux pièces faisant pendants gravées par Helman. Épreuves avec
petites marges.

BERTHON (Paul)

18. Le Pont au Change.
Gravure en couleurs.

BOILLY (Louis)

19. Les Grimaces. Vingt-sept lithographies in-4. Très belles
épreuves coloriées, grandes marges.

20. Réjouissance publique. 1826. Lithographie in-fol! Belle
épreuve, marges.

BOILLY (d'après L.)

21. *Pourtalès* (Jacques Louis de), de Neuchatel en Suisse, in-4
à la manière noire par Dickinson. Grandes marges, rare.

22. L'Amant trompé, petite pièce en médaillon. Très belle épreuve avant toutes lettres, en feuille non ébarbée.

23. La Douce résistance, par S. Tresca, in-fol. Très belle épreuve, marges.

24. On la tire aujourd'hui, par S. Tresca, in-fol. Très belle
épreuve, marges.

BOIZOT (d'après)

25. Buste de Voltaire. — La Peinture. — L'Histoire. Trois pièces gravées à la manière de lavis, par Ridé. Très belles épreuves, dont deux avant la lettre, petites marges.

BONNET (L. M.)

26. Diane au bain, d'après Beaufort, in-4. Très belle épreuve imprimée en couleurs, petites marges, encadrée.

27. Têtes de Jeunes filles, d'après Fr. Boucher. Belle épreuve à la sanguine.

BONNET (à Paris chez)

28. La Vestale, d'après Challe (n° 879). Très belle épreuve imprimée en couleurs, petites marges.

29. Vestale allant faire son offrande, par Massat, d'après Raoux. Belle épreuve à la sanguine.

BOUCHER (d'après Fr.)

30. La Belle Cuisinière. — La Belle Villageoise. Deux pièces faisant pendants, gravées par Aveline et Soubeyran. Très belles épreuves à toutes marges.

31. Les Charmes du Printemps, par J. Daullé. Belle épreuve, marges.

32. L'Heureuse Mère, par Ryland. Belle épreuve avant toutes lettres, petites marges.

33. Tête de Jeune femme. — Jeune femme tenant un oiseau. Deux pièces sans marges, rehaussées de couleurs.

BOUCHOT

34. Ce que parler veux dire. N°˙ 3, 4, 5, (2° ép.) 6, 7, 8, 10. 14, 16, 18, 19, 20, (2° ép.), 21, 22, 23, 24, 27, 28. En tout vingt lithographies in-4 noires et coloriées.

35. Le Chapitre des Illusions, 11 pl. — Les Petits Mystères de Paris, 8 pl. — L'Ecole des Voyageurs, 2 pl. Ensemble vingt-et-une lithographies in-4 noires ou coloriées (quelques doubles).

36. Les Malheurs d'un Amant heureux, 10 pl. — Le Voisinage, 4 pl. — Education parisienne 1 pl. Ensemble quinze lithographies in-4 noires ou coloriées, (quelques doubles).

BORCKHARDT (d'après Ch°)

37. Maternal Instruction. Ovale in-4 par G. Noble. Belle épreuve encadrée.

BRACQUEMOND (F.)

38. *Gautier* (Th.), in-4. Douze épreuves avec la lettre grise, sur papier de Chine, à toutes marges.

BRUCE (d'après)

39. Brighton Royal Palace. — Brighton Royal Chain Pier. Deux pièces in-4 en larg. Belles épreuves en couleurs à toutes marges.

CARESME (d'après)

40. Melpomène, par Phelippeau in 4 ovale. Belle épreuve imprimée en bistre.

CARICATURES

41. Misère et Vanité. (Musée Grostesque n° 22). Epreuve colo-
    riée.

42. Costumes d'hiver 1825. — Les Nouveaux grotesques. —
    Distractions d'un afficheur. — Magasin de visages au
    besoin. — A l'Impossible nul n'est tenu. Cinq pièces
    coloriées. Très belles épreuves avec grandes marges.

43. Flore et Zéphyr. Ballet mythologique, dédié à Théophile
    Wagstaff, suite de huit lithographies in-4 de Edw.
    Morton, avec la couverture illustrée de publication.

CARINGTON BOWLES (Sold by)

44. Avocat de la campagne avec ses clients. — Une Chanson-
    nette. — Love and opportunity. — etc. Quatre pièces in-4
    à la manière noire. Belles épreuves.

CÉRONI

45. Les Maîtresses de Louis XV. Huit portraits in-12 en méd.
    Epreuves en noir et coloriées, (quelques doubles).

CHENAY (P.). DESMAISONS

46. *Hugo* (Victor), in-4. Six épreuves sur papier de Chine.

COCHIN LE FILS (C. N.)

47. La Petite Charrière en couche. Belle épreuve, eau-forte, par
    Saint Non, sans marges.

COCHIN LE FILS (par et d'après C. N.)

48. *Beaumarchais.* — *Watelet*, in-4 Neuf épreuves à toutes marges.

COCHIN LE FILS

49. Portrait d'homme, profil à droite en médaillon. Très belle épreuve avant toutes lettres, à toutes marges.

50. La Charmante Catin, par Madeleine Cochin, in-4. Belle épreuve.

COOPER (R.)

51. Le Chapeau de paille, d'après P. P. Rubens, in 4. Belle épreuve, marges.

CORNILLE

52. Campagne d'Afrique. Cinq lithographies in-4 coloriées.

COSTUMES

53. Les Eléments. — Les Saisons. Neuf pièces de costumes par Trouvain. Très belles épreuves, marges.

54. Le Nouveau jeu du costume et des coiffures des dames, dédié au beau sexe, in-fol. avec scènes dans les angles. Epreuve coloriée (manque de conservation).

55. Plocacosmos ; or the whole art of Hair dressing ; wherein is contained Ample rules for the young artizan ; more particularly for ladies women, valets, etc., etc., by James Stewart. *London, Printed for the Author*, 1792, in-8 rel. bas., orné de dix planches de coiffures. Ouvrage rare et recherché.

COSTUMES MILITAIRES

56. Armée des Souverains Alliés, planches nᵒˢ 8, 9, 12. — Premier tableau comparatif des principaux corps militaires Européens : *Grenadiers*. Quatre planches in-4 en larg. Epreuves coloriées, grandes marges.

COUSINS (Samuel)

57. Nature " Les Enfants Calmady ", in-4 à la manière noire, petites marges, encadrée.

CREPY (à Paris chez)

58. A bon chat bon rat, in-4. Très belle épreuve à toutes marges.

DAMBRUN, DEMARTEAU, VAN SCHUPPEN

59. *Necker*. — *Marguerite* surnommée Maltasche. — *Anne de Courtenay*, Dame de Rosny et de Boutin. Trois portraits in-4. Belles épreuves.

DAUMIER (H.)

60. Caricaturiana nᵒ 12. M. Robert Macaire restaurateur. Très belle épreuve en couleurs.

DAVID (H.)

61. L'Empire de la réforme sur les desrèglemens de la mode. Pièce satyrique du XVIIᵉ siècle.

DEBUCOURT (P. L.)

62. Unité, an 2ᵉ (M. F. 43). Très belle épreuve sur son ancien montage bleu, à filets et entrelacs.

DEBUCOURT (P. L.)

63. Le Chasseur au tirer. — Le Chasseur. — Le Départ du chas-
     seur. — Le Retour du chasseur. Suite de quatre pièces
     in-fol. en larg. gravées à l'aquatinte d'après C. Vernet
     (175-178). Belles épreuves, grandes marges.

DEBUCOURT (d'après P. L.)

64. Les Bouquets. — Les Compliments. Deux pièces in-8 ovales,
     sans marges, reproductions.

DELACROIX (Eugène)

65. *Faust*, tragédie de M. Gœthe. Suite de un portrait et dix-
     sept lithographies in-folio, toutes marges.

DEMARTEAU (G.)

66. Le Dénicheur de Merle d'après F. Boucher. — La France
     témoigne son affection à la ville de Liége, d'après Cochin.
     Deux pièces à la sanguine.

67. Femme sur le dos d'après Boucher, in-4 (47). Belle épreuve
     à la sanguine, marges.

68. Jupiter et Léda d'après Fr. Boucher, in-4 (220). Très belle
     épreuve à la sanguine, toutes marges.

69. Les Œufs cassés d'après Fr. Boucher, (128) in-4. Très belle
     épreuve à la sanguine, petites marges.

70. Têtes d'orientaux. — Tête de jeune femme. — Intérieur rus-
     tique. Trois pièces dont une aux crayons de couleurs.

DESCOURTIS

71. Vues de Suisse, d'après Wolf et Rosenberg. Six planches
     in-fol. imprimées en couleurs. Belles épreuves.

DESRAIS (d'après)

72. Vue du Bâtiment construit sous les ordres de MM. le Prévôt
     des marchands et échevins de la ville de Paris : pour la
     réception du Roi et de la Reine avec leur cour pour voir
     le feu d'artifice tiré en la place de Grève sur le bord de
     la Rivière de Seine, le 21 janv. 1782 à l'occasion de la
     naissance de Mgr le Dauphin, arrivée le 22 octobre 1781,
     in-4, par Voysard. Belle épreuve coloriée.

DESSINS

73. Berghem (attribué à Nic.). Feuille d'étude, têtes de chèvres.
     Sanguine.

74. Caresme (Ph.). Intérieur flamand. Aquarelle signée et datée
     1777.

75. Devéria. Jeune femme assise, mine de plomb, signé.

76. Ecole Française XVIIe siècle. La Sainte famille. Sanguine.

77. Ecole Française XVIIe siècle. Lettres ornées avec figures.
     Onze dessins à la plume, ont été gravés.

78. Ecole Française XVIIIe siècle. Allégorie Révolutionnaire.
     Encre de Chine.

79. Ecole Française. Guillaume des Ursins. — Henri de Guise
     dit le Balafré. — Louis XI. Trois portraits à l'encre de
     Chine.

80. Ecole Française. Mort de François Ier. Plume et lavis d'encre
     de Chine.

81. Ecole Italienne. Portrait d'un Seigneur Italien représenté à
     mi-corps, tenant un plan, et dans le fond, vue de la place
     Saint-Marc. Lavis d'encre de Chine.

DESSINS

82. **Langendijk** (Dirk). Militaires en goguette. Plume et lavis d'encre de Chine.

83. **Le Brun** (Charles). Minerve assise. Plume et lavis, mis au carreau.

84. **Louveau-Riveyre** (Marcel). Scène de patinage. Aquarelle signée et datée 1900.

85. **Oudry** (J.-B.). Tête de loup. — Un blaireau. Deux dessins, crayon noir rehaussé de blanc sur papier bleu.

86. **Testa** (Pietro). Offrande à Priape. Plume. Signé.

87. **Van de Velde** (W.). Marine. Encre de Chine, signé.

88. **Vernet** (Carle). Portraits et figures grotesques. Huit dessins à la plume.

89. **Divers.** Costumes militaires. — Scènes gracieuses. — Sujets de genre. Dessins et aquarelles par L. Flameng, Louveau et autres. Trente-six pièces.

DICKINSON (W.)

90. *Mudge* (John), à la manière noire, d'après sir J. Reynolds ; gd in-4. Très belle épreuve, grandes marges.

DIVERS

91. Manufacture des Gobelins. — Le Cheval de la Mort, d'Albert Durer. — Sujets champêtres par J.-B. Huet. Vignettes et sujets divers. Onze pièces, une est avant la lettre.

DIVERS

92. Lithographies. — Costumes et Scènes d'Italie. Quatorze pièces dont huit coloriées.

93. Portraits, dessins, sujets variés. Sept pièces.

DRAX (d'après Miss)

94. Zilia au temple du Soleil, par Mlle Baillay. Belle épreuve, grandes marges.

DREVET (à Paris chez)

95. Pourtraict du Jugement dernier, confirmé des témoignages de l'Escriture Sainte. Grande planche composée de douze feuilles assemblées et collées sur toile, encadrée.

DUPIN Fils

96. *Artois* (Ch. Ph. Cte d'), d'après Hall, in-4. Très belle épreuve, grandes marges.

DUPLESSIS-BERTAUX

97. Campagnes d'Italie. Cinq pièces d'après C. Vernet. Epreuves à l'eau-forte pure.

DURER (Albert), et autres

98. La Mélancolie (B. 74, copie A.) par Jérome Wierix. — Le Cheval de la Mort (98 copie A.). — Albert Durer (Bois 156). Sainte en prière. Quatre pièces.

EAUX-FORTES MODERNES

99. Sujets divers, par Ch. Jacque, Somm, Flameng, etc. Soixante pièces, plusieurs en épreuves d'artistes.

ECOLE ANCIENNE

100. Sujets divers, ornements, Portraits, neuf pièces, par Th.
de Bry, Hollar, Goltzius et autres. Belles épreuves.

101. Portraits, Ornements, Sujets divers, Paysages. Cinquante
pièces de tous formats.

ECOLE ANGLAISE

102   Emma, in-4. Epreuve imprimée en couleurs.(Reproduction).

103. Portrait de femme assise, médaillon par J.-R. Smith.
Epreuve en couleurs. (Reproduction).

104. Sujets d'enfants. Scènes gracieuses, etc. Vingt-une pièces
de divers formats, en bistre et à la sanguine.

105. Portrait d'homme à mi-corps. 1er État. — *Pelham* (Miss M.),
in-8. — M*r Grinlin Gibbons*, d'après Ruelle. Trois portraits.

106. Snipe Shooting. — A View of the flower garden and part
of the Palace of Fontainebleau. Deux pièces dont une à
la manière noire.

ECOLE FRANÇAISE

107. L'Héroïne du Palais Egalité. — Le Parvenu de la rue
Vivienne. Deux pièces in-4, faisant pendants, gravées à la
manière de lavis. Très belles épreuves. Petites marges.

108. Le Cerf privé. — Les Présents de la moisson offerts à
Cérès par les Nymphes. — La Tendresse Maternelle (Mme
Lebrun et sa fille). Trois pièces dont deux en couleurs.

109. Groupe d'Amours. — Paul et Virginie. — Amours et colombes. Trois pièces en couleurs.

ÉCOLE FRANÇAISE

110. Femme assise et Amours. Petit médaillon imprimé en couleurs, sans marges, encadré.

EISEN (d'après Ch.)

111. Les Moissonneurs, comédie de Sédaine, suite de cinq pièces in-4 gravées par De Ghendt et Le Beau. Belles
épreuves.

112. Suite de Dix vignettes, têtes de pages, gravées par de Lon-
gueil pour la Henriade de Voltaire. Très belles épreuves
en tirages hors texte. Petites marges.

EISEN, GRAVELOT, LEBOUTEUX (d'après)

113. Frontispice avec portrait de Voltaire. Vignettes pour les
chansons de Laborde et les métamorphoses d'Ovide.
Cinq pièces avant la lettre et à l'eau-forte pure.

FICQUET, FLIPART, SAINT-AUBIN

114. *La Fontaine* (J. de). — *Greuze* (J.-B.) — *Le Coulteux du
Moley* (Sophie). Trois portraits in-8 et in-4. Belles épreuves. Marges.

FICQUET, SAVART

115. *Crébillon. — Lafontaine. — Regnard. — Le Tasse. — Voltaire.* — Cinq portraits in-8. Belles épreuves.

FRAGONARD (Honoré)

116. 3e et 4e Bacchanale (P. de B. 8. 9.) Deux pièces à l'eau-
forte. Belles épreuves, grandes marges.

FRAGONARD (d'après H.)

117. Le Baiser à la dérobée, par N. F. Regnault. Très belle épreuve. (Restauration dans les marges).

118. Le Contrat par Blot. Belle épreuve à toutes marges.

119. Dites donc s'il vous plait, par N. de Launay. Belle épreuve avec le nom de *Marel,* marges.

120. Groupes d'Amours, décorations pour les plafonds de M. Bergeret. Deux pièces gravées au lavis par Saint Non. Très belles épreuves à toutes marges.

121. L'Instant désiré, par Marchand. Belle épreuve, marges.

122. Le Pot au lait par N. Ponce. Très belle épreuve, marges.

123. Le Verrou, par L. C. (Lecampion), pet. in-fol. en larg. Très belle épreuve imprimée en bistre, marges.

124. Sujets pour les contes de Lafontaine. Onze pièces in-4. Belles épreuves, petites marges.

FRAGONARD (d'après Th.)

125. Fénelon soignant un blessé, in-folio, par P. Baquoy. Belle épreuve avec la lettre grise, marges.

GEOFFROY, LALAUZE

126. *Molière*, in-8 et in-4. Dix épreuves avant la lettre, sur blanc et sur japon.

GÉRARD (d'après Mlle)

127. Les Regrets mérités, par N. de Launay. Très belle épreuve, grandes marges.

GIGOUX, NOEL (Léon)

128. *Julie Grisi.* — *Baron Gérard.* — *Fr. Lemaître.* — *P. Delaroche.* — *Th. Hauman.* Environ cent lithographies in-4 à toutes marges. Plusieurs sont avant la lettre.

GRAVELOT (d'après Hub.)

129. La Course de chevaux. — La Grande foire. — Le Jeu de la crosse. — Le Jeu de quilles. Suite de quatre pièces in-4, en forme de frises, gravées par Bacheley. Très belles épreuves, marges.

GRAVELOT, BOREL (d'après)

130. Jeux d'enfants par Bacheley et autres. Trente pièces.

GREUZE (d'après J. B.)

131. L'Enfant gâté, par Maleuvre et Le Bas. Belle épreuve, marges.

132. L'Epagneul chéri (La Petite Fille au chien), par Porporati. Epreuve avec marges.

133. La Pelotonneuse, in-4, sans nom d'artistes. Belle épreuve encadrée.

134. La Privation sensible, par J.-B. Simonet. Belle épreuve, grandes marges.

135. — La même estampe, rare épreuve à l'eau-forte, à toutes marges.

136. Le Silence, par L. Cars. Belle épreuve, marges.

GUYOT

137. Histoire de Paul et Virginie, suite de dix médaillons d'après Dutailly. Très belles épreuves, marges.

HAID (J. A.)

138. La Vivacité, in-fol. à la manière noire. Belle épreuve, grandes marges.

HOPPNER (d'après J.)

139. *Abercrombie* (Lieut. Général, sir Ralph.). Ovale in-8 par H. Meyer. Belle épreuve.

HUET (d'après J. B.)

140. Cours de ferme, deux pendants. Épreuves en couleurs, sans marges.

141. L'Innocence reçoit de l'Amour, deux colombes pour exemple de fidélité; ovale in-4 par Wolff. Belle épreuve, marges.

INCROYABLES (Pièce sur les)

142. Les Payables. *A Paris, chez Darcis*. Très belle épreuve coloriée, marges.

JACKSON (d'après John)

143. *Harewood* (Henry Earl of), gravé à la manière noire par S. W. Reynolds, 1820, petit in-fol. Très belle épreuve, marges.

JANINET (Fr.)

144. *Marie-Antoinette*, Reine de France et de Navarre, ovale in-4 par Vigna-Vigneron (l'ovale seul avant la lettre, à toutes marges).

JAZET

145. Les Amusements de l'hiver. — Les Occupations de l'hiver. Deux pièces in-4 en larg. faisant pendants. Très belles épreuves imprimées en couleurs, petites marges.

JAZET

146. Les Quatre Saisons, d'après Martinet. Belles épreuves en couleurs, marges.

147. Scène du couronnement, d'après le tableau de David, in-fol. à la manière noire. Très belle épreuve du 1ᵉʳ état avant la lettre et avec les deux cachets : *L'Abeille et la Pensée*, encadrée.

JEAURAT (d'après)

148. La Jeunesse, par Lépicié. Belle épreuve, grandes marges.

KAUFFMAN (d'après)

149. Joseph telling his dream to his Father. — Joseph sold by his Brethren. Deux pièces faisant pendants gravées par Murphy, in-fol. en larg. Superbes épreuves imprimées en couleurs, grandes marges.

LANCRET (d'après Nic.)

150. Conversation galante par J. Ph. Le Bas. Très belle épreuve, marges.

151. Le Maître Galant, par J. Ph. Le Bas, Belle épreuve, petites marges.

LARGILLIÈRE (Nic. de), LE BRUN (d'après)

152. *Forest* (Jean). Peintre, par Drevet. — Protection accordée aux beaux-arts. Deux pièces in-fol.

LAWRENCE (d'après Sir Th.)

153. Dame Anglaise : « *The Countess of Blessington* ». In-4 à la manière noire par S. W. Reynolds. Très rare épreuve avant toutes lettres. Marges.

LE CLERC (d'après S.)

154. La Danse. — Le Dessin. — La Géographie. — La Musique. Suite de quatre pièces en larg. par E. Jeaurat 1734. Belles épreuves. Marges.

LE MIRE (Noël)

155. Allégorie avec Portrait de Hue de Miromesnil et la vue de Rouen dans le fond. — Allégorie sur le Roi Louis XV. Trois pièces in-8, en larg. Belles épreuves avant le texte au verso.

156. Frontispice in-8 en larg. avec portrait de Louis XV. Eau-forte et avant la lettre d'après Boucher et Cochin.

LE MIRE (Noël) ET AUTRES

157. Titres, vignettes, frontispices, d'après Eisen, Cochin et autres pour ouvrages du XVIIIᵉ siècle. Vingt-cinq pièces. Plusieurs avant la lettre ou à l'eau-forte pure.

LE PRINCE (d'après J.-B.)

158. Le Bonheur du ménage, par N. de Launay. Très belle épreuve, marges.

159. Jeune femme en pied jouant de la Balalaye. Epreuve en bistre, sans marges.

LITHOGRAPHIES

160. Aventures de M. Mayeux par Robillard nᵒ 1. — Scène militaire. — Costumes Romains. Ensemble six pièces dont une coloriée.

161. Grotesques déguisés. Nᵒˢ 9, 10, 11, 12. Quatre lithographies in-4, coloriées.

LOUIS XVI (Pièces sur la famille de)

162. *Marie-Antoinette*, Reine de France, profil avec haute coiffure, in-18, sans nom d'artiste. Belle épreuve.

163. *Marie-Antoinette*, Archiduchesse d'Autriche, Reine de France et de Navarre. Ovale in-4 à la manière noire. *A Paris, chez Christy*. Très belle épreuve à toutes marges.

164. *Marie-Antoinette* en prison, avec le plan du corridor fermé par quatre guichets. In-8. Belle épreuve.

165. *Marie-Antoinette*, par Bonneville, in 8, belle épreuve.

MALLET (d'après)

166. Le Bain. — Le Lendemain de noces. Deux pièces par Choubard et Girard fils. Belles épreuves imprimées en couleurs, grandes marges.

167. La Réussite, par Benoist, in-4, belle épreuve imprimée en couleurs, marges.

MÉCOU

168. *Bourbon Penthièvre* (Louise-Marie-Adelaïde de) d'après Dumeray, in-4. Dix-sept épreuves à toutes marges.

MONDHARE (à Paris chez)

169. Le Sabot cassé, in-4. Très belle épreuve à toutes marges.

MONNET (d'après Ch.)

170. L'Autel de l'Amour. Ovale in-4, cadre orné, gravé par De Ghendt. Très belle épreuve avant toutes lettres.

MONET (d'après)

171. Promenades au marché aux fleurs, in-18 par Adam. Belle épreuve coloriée, marges.

MOREAU le JEUNE (d'après J. M.)

172. Memnon ou l'Ecueil du Sage, par Vidal. Belle épreuve, grandes marges.

MOREAU et LE BARBIER (d'après)

173. Vignettes in-4 pour les œuvres de J.-J. Rousseau. Trente-huit pièces. Belles épreuves.

174. Vignettes pour les œuvres de J.-J. Rousseau et les chansons de Laborde. Dix pièces in-8 et in-4.

MORGHEN (Guillaume)

175. *Skawronsky* (S. E. Monsieur le Cte de) d'après Ang. Kauffman. In-4. Belle épreuve, grandes marges.

MORLAND (d'après G.)

176 Les Chiens savants. — Les Petits cochons d'Inde. Deux pièces faisant pendants, gravées par Levilly. In-fol. Epreuves avec marges.

ODIEUVRE (M.)

177. Portraits des personnes illustres de l'un et l'autre sexe, recueillis et gravés par les soins de Michel Odieuvre. M^d d'estampes à Paris. Trois cent quarante cinq portraits in-8. Belles épreuves avec et sans l'adresse.

OPIE (d'après John)

178. *Girtin* (Thomas), gravé à la manière noire par S. W Reynolds, in-4, 1817. Très belle épreuve, marges.

ORNEMENTS

179. Boucher (d'après). Armoires et encoignures. Petites bibliothèques ambulantes. Cinq pièces par Bichard. Très belles épreuves à toutes marges.

ORNEMENTS

180. **Delaune** (Etienne). Grotesque à fond noir, titre (R. D. 352).
Petit médaillon, le centre orné de fleurs. Christian philo-
sophe par Muntinck. Trois pièces. Très belles épreuves.

181. **Delaune** (Etienne). Jupiter (359). — Bellone (361). — Les
Deux femmes aux palmes (376). Trois pièces sur fond
noir. Très belles épreuves.

182. **Delaune** (Etienne). Quelques-unes des sciences, figurées par
des femmes debout au centre des compositions. Suite de
six pièces à fond noir (404-409). Très belles épreuves,
grandes marges.

183. **Delaune** (Etienne). L'Arithmétique (405). — La Musique
(406). — L'Astrologie (409). Trois pièces à fond noir.
Très belles épreuves.

184. **La Londe**. Rosettes et plafonds avec leurs profils. XVIe
cahier de l'Œuvre. Suite de six pièces gravées par Foin.
Très belles épreuves à toutes marges.

185. **Le Canu**. Portes cochères avec plans. Suite de quatre pièces
gravées par Daumont (cahier P). Très belles épreuves à
toutes marges.

186. **Pillement** (Jean). Nouvelle suite de cahiers chinois à l'usage
des dessinateurs et des peintres, inventés et dessinés par
Jean Pillement, gravés par Anne Allen ; n° 2, suite de
six pièces imprimées en couleurs. Très belles épreuves,
grandes marges.

187. **Pillement** (Jean). Nouvelle suite, etc., n° 3. Suite de six
pièces imprimées en couleurs. Très belles épreuves,
grandes marges.

ORNEMENTS

188. Chenets, vases, pieds de meubles, rétables d'autels, demi commodes à l'anglaise, secrétaires, etc. Dix pièces par Boucher, Cornille, Lalonde, ou d'après Toro et Delafosse. Très belles épreuves, la plupart à toutes marges.

OUDRY (d'après J. B.)

189. Le Laboureur et ses enfants. — Salmacis et Alcimadure. Deux pièces par Louis et Noël Le Mire. Belles épreuves avant la lettre.

PARIS (Pièces sur)

190. Vues panoramiques et des principaux monuments. Cinquante pièces in-8 et in-4. Plusieurs sont avant la lettre sur papier de Chine.

PARIZEAU

191. Allégorie avec buste de Voltaire, sanguine.

PATER (d'après J.-B.)

192. Assemblée galante. Tirage sur satin d'une reproduction.

193. Le Bain, par Cl. Duflos. Belle épreuve, grandes marges.

PHELIPPEAUX

194. L'Epouse infidèle. ovale in-4. *A Paris, chez Noël.* Copie de l'estampe de Regnault : *Ah s'il s'éveillait !* Belle épreuve, marges, encadrée.

PILLEMENT (Jean)

195. Jeux d'enfants ; sujets chinois, suite de douze pièces in-4 en larg. (*Londres, 1759*). Belles épreuves.

PIRANESI

196. Ruines et monuments de Rome, mosaïque, etc. Treize pièces
in-fol.

POLLET

197. *Musset* (Alfred de), in-4, d'après Ch. Landelle. Treize épreuves sur papier de Chine à toutes marges.

PORTRAITS

198. *Buffon.* — *Chénier* (M. J. de). — *Jefferson.* — *Pembrock*
(Earl of). — *Talleyrand de Périgord.* Cinq portraits in-8
et in-4.

POTTER (d'après Paul)

199. Le Pâtre. — La Récureuse. Deux pièces par Aubertin, in-
fol. Belles épreuves en couleurs, marges.

QUENEDEY

200. *Méhul,* in-4 à la manière noire. Belle épreuve.

RAFFET (Aug.)

201. Album 1836. Frontispice sur Chine et couverture, et neuf
planches (Pour que la suite soit complète, il manque les
nos 407, 410 et 416). Belles épreuves, marges.

202. La Revue nocturne (429). Belle épreuve du 1er tirage. Marges.

203. Prise de Constantine (543-556). Suite complète de douze
pièces et une couverture. Belles épreuves à toutes marges.

RANFT (Richard)

204. Au Cirque, gravure en couleur. Epreuve d'artiste, signée
avec autographe d'Henry Somm.

REMBRANDT (d'après)

205. Portrait d'homme assis, tenant un canne, gravé à la ma-
      nière noire par S. W. Reynolds. Superbe épreuve d'ar-
      tiste avant toutes lettres, grandes marges, rare

RÉVOLUTION (Pièce sur la)

206. Les Formes Acerbes, pet. in-fol. en larg. Belle épreuve à
      grandes marges.

REYNOLDS (d'après Sir J.)

207. *Betty Delmé* (The Right Honble Lady). Gravé au mezzotinte
      par V. Green, in-fol. (Tirage postérieur).

208. *Carnac* (M^rs) par J. R. Smith, in-fol. (Tirage postérieur).

209. *Crosbie* (Diana Viscountess) par W. Dickinson, in-fol. (Ti-
      rage postérieur).

210. *Melbourne*. (The Right Honble Elisabeth Lady) and the
      Honble Peniston Lamb. in-fol. par Th. Watson. (Tirage
      postérieur)

REYNOLDS (S. W.)

211. *Armstrong* (William) M. D., d'après T. C. Thompson, pet.
      in-fol. à la manière noire. Très belle épreuve avec la
      lettre blanche et avant l'adresse, à toutes marges.

212. *Banks* (The R^t Honble sir Joseph) d'après T. Philips, in-
      fol. à la manière noire. Très belle épreuve à toutes mar-
      ges.

213. *Farquharson* (William). Esqr d'après John Watson, in-fol.
      à la manière noire. Très belle épreuve avec la lettre
      blanche et le mot *Proof*, à toutes marges.

REYNOLDS (S. W.)

214. *Harcourt* (Ctesse of) in-4 à la manière noire d'après sir Joshua Reynolds. Très belle épreuve, petites marges.

215. *Hewett* (Rt Honble Genl sir George), d'après S. W. Reynolds pet. in-fol. à la manière noire. Superbe épreuve avec la lettre blanche et avant l'adresse, à toutes marges.

216. *Lambton* (John Georges). Esqr M. P. d'après T. Philips. Gd in-4 à la manière noire. Très belle épreuve à toutes marges.

217. *Simpson* (John). M. D. of Matton Yorkshire, in-4 à la manière noire d'après Jackson, très belle épreuve, marges.

218. *Rutland* (Dsse of). — *Robinson* (Mrs). — *Nelly O'Brien* (Miss). — *Baldwin* (Mrs). — Winter. — Charity. — *Reynolds* (Sir J.) Sept pièces in-8 à la manière noire, très belles épreuves, grandes marges.

219. Portrait d'homme assis dans un fauteuil, la main sur un livre ouvert, in-4 à la manière noire. Belle épreuve, marges.

220. Portrait d'un jeune seigneur debout dans un paysage, une canne à la main. Superbe épreuve à la manière noire, avant toutes lettres, grandes marges.

RIGAUD (J.)

221. Livre de Paysages et de Marines, où sont représentés les Aventures des Voyageurs. Titre et douze pièces in-4 en larg. Belles épreuves, grandes marges.

ROMNEY (d'après G.)

222. *Hamilton* (Lady) représentée en Sainte Cécile, gravée par G. Keating, in-4, épreuve imprimée en couleurs. (Reproduction).

ROMNEY (d'après G)

223. Séréna, par J. Jones, in-4, épreuve en couleurs. (Reproduction).

224. Portrait de jeune fille ovale par Caroline Watson. Belle épreuve avant la lettre, petites marges.

RYLAND (W. Wyne)

225. Rustic Employment, ovale in-4, épreuve imprimée en couleurs, petites marges.

SADELER (Jean)

226. Les Douze mois de l'année. Belles épreuves.

SAINT-AUBIN (d'après Aug. de)

227. Jeune femme au parasol. Costume nº 4, in-12 par Gilberg. Belle épreuve à la sanguine, marges.

SCHUTZ (C.)

228. Entrée du Château de Schœnbrunn. *A Vienne, chez Artaria.* Épreuve coloriée.

SMITH (d'après J. R.)

229. *Fox* (The Right honorable Charles James), gravé au pointillé par S. W. Reynolds, grand in-4 Belle épreuve imprimée en bistre, sans marges.

SOUFFLOT (d'après J. G.)

230. Plan, coupe et élévation, perspective de la Nouvelle Eglise de Sainte-Geneviève. Le Panthéon, suite de quatre pièces in-18, toutes marges.

TENIERS (d'après D.)

231. David Teniers et sa famille. — Joueurs de Cartes. — Deux
pièces, par Le Bas et Charpentier.

TIEPOLO (d'après L.)

232. *Quirini* (Thomas), in-fol., par M. Pitteri. Belle épreuve,
grandes marges.

VERNET (Carle)

233. Cris de Paris. Recueil de soixante-quinze lithographies,
in-4, demi-rel. Très belles épreuves coloriées.

234, Cris de Paris. Cinq lithographies, in-4, dont quatre coloriées.

VERNET (d'après C.)

235. Les Ennuyés chez eux. (Café Procope), par Coqueret.
Belle épreuve à toutes marges.

VERNET (d'après Horace)

236. Incroyable et Merveilleuse n°ˢ 9 et 19, par Gatine. Deux
pièces en couleurs. Très belles épreuves, grandes marges.

VIDAL

237. La Cuisinière Française. — Le Malin Cuisinier. Deux
pièces in-4 en largeur, gravées à la manière de lavis,
d'après Cottibert et Gazard. Très belles épreuves.
Grandes marges.

VIGNETTES

238. Vignettes et en têtes d'après Romain de Hooge, Moreau,
Marillier, Eisen, Cochin, etc. Environ quarante pièces
de divers formats.

VORUZ (E.)

239. Feuilles de Marronnier. Vue de Notre-Dame dans le fond, gravure en couleurs, tirage à 30 épreuves, n° XXII

WALKER (William)

240. Réunion d'hommes d'état, d'après John Gilbert. Superbe épreuve avant la lettre. *Private plate* grandes marges.

241. *Burns* (George). *Private plate*, in-fol. à la manière noire. Très belle épreuve, grandes marges, *avec le cachet.*

242. *Walter Scott* d'après H. Raeburn in-4. Très belle épreuve avec la petite lettre, sur papier de Chine à toutes marges.

WALKER (William)

243. Portrait de jeune femme assise, coiffée d'un foulard et avec collet de fourrure. Très belle épreuve avant toutes lettres sur papier de Chine, grandes marges.

244 Portrait d'homme à mi-corps, une main sous le menton d'après Raeburn, in-4. Très belle épreuve d'artiste avant toutes lettres sur papier de Chine à toutes marges.

WATTEAU (d'après Ant.)

245. Les Comédiens Italiens. — Tête de femme. Deux pièces.

WATTEAU (d'après L.)

246 La Quatorzième expérience aérostatique de M. Blanchard, accompagné du Ch^er Lépinard, faite à Lille en Flandre, le 26 Août 1785. — Entrée de M. Blanchard et du Ch^er Lépinard cinq jours après leur ascension aérostatique dans la Ville de Lille. Deux pièces faisant pendants gravées par Helman in-fol. en larg. Belles épreuves, marges.

WILKIE (d'après David)

247. The Reading of A. Will, par John Burnet, gr. in-fol. Très
belle épreuve à toutes marges.

WILLE (J. G.)

248. *Galles* (Charles Prince de), d'après Tocqué, in-fol. Belle
épreuve à toutes marges.

249. *Wille* (J. G.) Graveur d'après J.-B. Greuze, in-4. Très belle
épreuve à toutes marges.

WILLE FILS (d'après P. A.)

250. Le Joueur, par Romanet. Belle épreuve sans marges.

Grande Imprimerie du Centre. — HERBIN, Montluçon.

RED. :

20

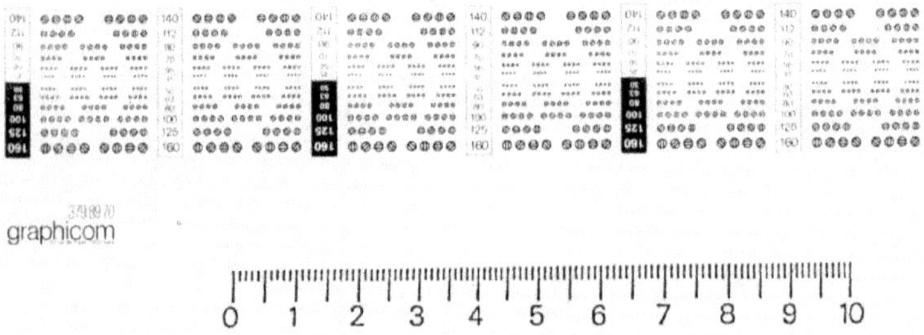

MIRE ISO N° 1
NF Z 43-007
AFNOR
Cedex 7 - 92080 PARIS-LA-DEFENSE

graphicom